HISTOIRE
DU FILS D'UN ROI,
PRISONNIER
A LA BASTILLE,

TROUVÉE

SOUS LES DÉBRIS DE CETTE
FORTERESSE.

A PARIS,

Se trouve, rue de Chartres, au coin de celle
Saint-Nicaise, N°. 85.

1789.

AVIS DES ÉDITEURS.

La fameuse Journée du 14 Juillet 1789, où les intrépides Citoyens de Paris donnèrent des preuves de patriotisme & de valeur, ne s'oubliera jamais. L'asyle de la Tyrannie, & les remparts du Despotisme détruits en éternisent la mémoire. La Notice que l'on va lire, a été trouvée parmi une foule d'autres papiers, lors de la prise de cette Forteresse inexpugnable, (la Bastille). Après avoir consulté tous les Auteurs & les Ouvrages qui parlent de l'Homme au Masque de fer, tels que le P. Griffet, Voltaire, Saint-Foy, la Grange - Chancel, Mlle de Monpensier & Mme de Sévigné ; le Journal de M. du Jonca, Lieutenant de Roi, de la Bastille, sur la fin du siecle dernier ; la Lettre de M. Palteau à Fréron, les Mémoires secrets de Perse, la Galerie de l'ancienne Cour, &c. Nous croyons pouvoir avancer, que l'histoire que nous publions aujourd'hui résout le problême qui les avoit occupés pendant si long-tems. Graces aux Révolutions de Paris, le nom de l'illustre Prisonnier, dont tout le monde a parlé, & que peu de personnes ont vues, va cesser d'être un mystère.

HISTOIRE DU FILS D'UN ROI;

PRISONNIER A LA BASTILLE,

TROUVÉE

SOUS LES DÉBRIS DE CETTE FORTERESSE.

Louis XIV, ce Sultan orgueilleux, si jaloux de sa gloire & de se faire obéir ; ce superbe Souverain, qui sacrifia vingt millions d'hommes à son avide ambition, qui gouverna son Peuple par des lettres de cachet, & en étendit les limites odieuses jusqu'au-delà des mers (1), manifesta de bonne heure un penchant invincible à la galanterie. Parmi les *mortelles* qu'il éleva aux honneurs de sa couche & de Sultane favorite, on distinguera toujours Louise - Françoise de la Beaume, Duchesse de la Valière. Ce Mo-

____

(1) Ce portrait est tracé d'après celui fait par un honorable Membre de l'Assemblée Nationale.

A 2

narque l'aima avec passion, il en eut un fils qu'il fit appeller *Louis de Bourbon, Comte de Vermandois*, qui reçut le jour le 2 Octobre 1667. Ce jeune homme, beau, bien fait & plein d'esprit, fut élevé avec tout le foin possible, & son éducation égala sa naissance. Malgré les soins de ses gouverneurs, ils ne purent donner à son caractère, cette douceur qui subjugue bientôt, & cette aménité qui plaît. Impatient, fier, emporté, il ne pouvoit s'accoutumer aux égards qu'un Prince se doit à lui-même & aux autres. L'objet de son aversion & de son envie étoit le grand Dauphin, l'héritier préfomptif de la couronne; il lui refusoit le respect qu'on doit à un Prince né pour être son Roi. Ces deux jeunes Princes, à peu près du même âge, ne sympathisoient pas dans leurs goûts ni dans leurs jeux. Le Dauphin, aussi bien partagé que le Comte de Vermandois, du côté des agrémens, l'emportoit infiniment par sa douceur, par son affabilité & par la bonté de son cœur. C'étoient ces qualités d'autant plus admirables qu'elles sont plus rares dans un Prince élevé à l'ombre du trône, qui rendoient le Dauphin l'objet des mépris du Comte de Vermandois, & ne lui laissoit échapper aucune occasion de dire, qu'il plaignoit les Français de ce qu'ils étoient destinés à obéir un jour à un Prince sans esprit & si peu digne de commander. Louis XIV, à qui l'on rendoit compte de la conduite du Comte de Vermandois, en sentoit bien toute l'irrégularité. Mais l'autorité cédoit à l'amour paternel, & ce Monarque si absolu, n'avoit pas la force d'en imposer à un fils qui abusoit de toute sa tendresse. Enfin, le Comte de Vermandois s'oublia un jour (il étoit alors âgé de 16 ans, en 1683), dans une querelle de mots, qu'il eut avec le Dauphin, au point de lui donner un soufflet. Le Roi en est aussi-tôt informé; il tremble à punir le coupable; mais quelque envie qu'il ait de feindre d'ignorer cet attentat, ce qu'il se doit à lui-même, à sa couronne, & l'éclat que cette action avoit faite à la Cour, ne lui permettent pas d'écouter sa tendresse. Il assemble, non sans se faire violence, ses confidens les plus intimes; il leur laisse voir toute sa douleur & leur demande conseil. Attendu la grandeur du crime, & conformément aux loix de l'Etat, tous opinent à la mort. Quel coup pour un pere trop sensible! Cependant un Ministre (M. de Louvois), plus touché que tous les autres de l'affliction de Louis XIV, dit qu'il y avoit un moyen de punir le Comte de Vermandois, sans lui ôter la vie. Qu'il falloit au plûtôt l'envoyer à l'armée, qui pour lors étoit au siége de Tournay en Flandres, que peu après on semeroit le bruit qu'il étoit attaqué d'une fiévre putride, afin d'effrayer & d'écarter tous ceux qui auroient envie de le voir; qu'au bout de quelques jours de cette feinte maladie, on le feroit passer pour mort; & que tandis qu'aux yeux de l'armée on lui feroit des obséques dignes de sa naissance, on le transféreroit de nuit, avec un grand secret, dans un château fort pour y finir ses jours. Cet avis fut généralement approuvé, & sur-tout par l'affligé Monarque. On choisit des gens fideles & discrets pour la conduite de cette affaire.

On chercha également parmi les Gouverneurs des vingt Bastilles du Royaume, celui d'entre eux à qui on pourroit confier cet illustre prisonnier. M. de Saint-Marc, Gouverneur du Château de Pignerol, homme sur lequel on pouvoit se fier, reçut l'ordre d'aller chercher un prisonnier au camp de Flandres, & sur l'existence duquel on lui recommandoit le plus grand secret, sous peine de mort.

Deux jours après l'offense faite au Dauphin, le Comte de Vermandois fut appellé auprès de Louis XIV, qui lui ordonna de s'éloigner de la Cour, & d'aller à l'armée. Il partit sans murmure ; ses équipages offrirent la magnificence qui étoit dûe à son rang. A peine arrivé devant Courtray, on répandit le bruit de sa feinte maladie ; il s'accrédita, & la nouvelle de sa mort simulée, acheva de persuader l'armée. Des larmes sinceres coulerent de tous les yeux en apprenant la perte prétendue d'un Prince, dont les fautes trouvoient aisément grace dans un âge si tendre. Pour achever de mettre le sceau à l'exécution de ce projet, un convoi funebre, & que toute l'armée rendoit plus imposant & plus noble, renferma dans le plus profond oubli l'exiſtence & le nom de cet illuſtre Français. Il fut enterré (1) dans l'Egliſe Cathédrale d'Arras, le 25 Novembre 1683.

Cependant on avoit expliqué au jeune Comte de Vermandois, les ordres rigoureux du Roi, ſon pere, & la néceſſité de s'y ſoumettre ſans rebellion, ſous peine de la vie. Qu'auroi t-il fait contre les agens myſtérieux, dans les mains deſquels il ſe trouvoit ? Sa réſiſtance n'eût ſervi qu'à accélérer le moment de ſa mort. Il fut forcé d'obéir, & tandis que la pompe funéraire conduiſoit majeſtueuſement au tombeau, le ſimulacre du Prince, une vigilante eſcorte, gagnant les chemins détournés, le conduiſoit, plein de ſanté, à l'exil qui lui étoit préparé.

Comme il étoit néceſſaire de couvrir l'exiſtence de cet illuſtre priſonnier d'un voile impénétrable, il fut décidé qu'on lui couvriroit le viſage d'un maſque de fer, dont la mentonniere & les reſſorts ſeroient d'acier, & qui lui laiſſeroit la liberté de manger & de boire.

Le château de Pignerol, ſur les frontieres d'Italie, étoit choiſi pour le lieu de ſa rétraite : ſon tranſport offrit un événement tragique. Un domeſtique, qui étoit du ſecret,

---

(1) Un morceau de bois fut mis dans le cercueil à ſa place.

A

tomba malade en route & mourut. Les Chefs de l'escorte lui défigurerent le visage à coups de poignard, afin d'empêcher qu'il ne fut reconnu, le laisserent étendu dans le chemin, après l'avoir fait dépouiller pour plus de précaution, & continuerent leur route.

A peine fut-il arrivé dans la forteresse de Pignerol, qu'il survint un courier de Versailles, porteur de nouveaux ordres, pour transférer le prisonnier aux Isles de Sainte-Marguerite, dans la mer de Provence; & pour ne pas se donner un nouveau confident dans cette affaire, qui auroit pu être moins fidèle & moins discret que M. de Saint-Marc, la Cour crut qu'il étoit prudent de le faire suivre le sort de celui qui lui avoit été confié; en conséquence, il fut nommé Gouverneur du château des Isles de Sainte-Marguerite. Ce nouveau voyage s'exécuta avec les précautions indispensables dans une si singuliere circonstance.

Ce fut dans cette forteresse, que la mer entoure de ses eaux, qu'on renferma le Prince. Pour éloigner tous ceux qui pouvoient être curieux de le voir, M. de Saint-Marc, pour plus de sûreté, fit placer au deux extrémités du fort, deux sentinelles qui étoient chargés de tirer sur les bateaux qui s'approcheroient à une certaine distance.

A la captivité près, le Masque de fer fut traité dans sa prison avec tous les égards possibles, presque toujours inconnus dans ces asyles; il étoit servi en argenterie, &

par le Gouverneur lui-même, qui se retiroit après avoir servi les mets sur la table. Quelques jours après sa détention, le nommé Dubuisson, Caissier du fameux Samuel Bernard, Banquier de la Cour, fut arrêté pour infidelité dans sa gestion, & conduit à Sainte-Marguerite. Le hazard voulut que sa chambre fut choisie au-dessus de celle de l'homme au Masque de fer. Comme le Caissier étoit instruit que ce prisonnier existoit à quelques pieds au-dessous de lui, il chercha à se faire entendre de lui par le tuyau de la cheminée. Leur entretien fut d'abord très-indifférent ; mais cet attrait puissant qui porte l'infortuné à épancher ses malheurs, dans le sein d'un ami, agissoit impérieusement sur leurs cœurs. Dubuisson fut le premier à conter tous les siens ; le Comte le plaignit, soupira & garda le plus profond silence. Pressé chaque jour de s'expliquer sur la nature des maux qu'il enduroit, & sur les causes d'une captivité si contrainte, il ne répondit à Dubuisson que ces mots, dont ses soupirs interrompoient l'expression : « *L'ordre d'un pere m'enchaîne ici ; ah ! cessez d'insister à connoître mon nom & mes malheurs, un tel aveu me coûteroit la vie, & vous donneroit la mort* ».

Peu de tems après cette circonstance, il arriva un événement singulier. Un frater apperçut sous la fenêtre du Masque de fer, quelque chose de blanc qui flottoit sur l'eau : il se glissa à la nage au pied de la tour, l'alla prendre, & l'apporta à M. de Saint-Marc,

C'étoit une chemise très-fine & pliée avec assez de négligence, & sur laquelle le Prince avoit écrit d'un bout à l'autre. Le Gouverneur, après l'avoir dépliée & avoir lu quelques lignes, demanda au frater, d'un air fort embarrassé, s'il n'avoit pas eu la curiosité d'en lire le contenu; celui-ci l'assura du contraire, mais la chemise fut aussi-tôt jettée au feu, & deux jours après il fut trouvé empoisonné.

Cette incartade de la part du Masque de fer redoubla les attentions du Gouverneur envers lui; il chercha toutes les occasions imaginables de diminuer ses ennuis. Il lui porta l'ordre de quitter son masque de fer, lui en fit accepter un autre de velours noir plus léger & moins incommode, & ils convinrent entre eux, qu'il ne s'en couvriroit le visage, que lorsqu'il se promeneroit sur les terrasses du fort, ou lorsqu'il entendroit ouvrir les verroux de sa prison. Cette convention gênante fut fidellement remplie.

M. de Saint-Marc ne lui refusoit rien de ce qu'il demandoit. Son plus grand goût étoit pour le linge d'une finesse extraordinaire, & pour les plus belles dentelles. Il parloit plusieurs langues, jouoit de la guittarre & chantoit agréablement. Lorsqu'il étoit seul, il pouvoit s'amuser à s'arracher le poil de la barbe avec de petites pinces d'un acier très-fin & très-poli.

Il passa quinze années dans cette Forteresse, aussi ignoré des mortels que s'il eût réellement ceſſé de vivre. L'anecdote qui ſuit acheva de déterminer le Gouverneur à demander ſa tranſlation à la Baſtille, & penſa dévouer à la mort une ſeconde victime. Un jour, cet illuſtre inconnu écrivit avec un couteau, ſur une aſſiette d'argent, ces mots remarquables : *Louis de Bourbon, Comte de Vermandois, fils naturel de Louis XIV, 23 Juin 1698,* & jetta l'aſſiette par la fenêtre, vers un bateau qui étoit au rivage de la mer, preſ-qu'au pied de la tour. Un pêcheur, à qui le bateau appartenoit, ramaſſa cette aſſiette, & la rapporta au Gouverneur. Celui-ci, étonné, demanda au pêcheur : « Avez-vous lu ce qui eſt écrit ſur cette aſſiette, & quelqu'un l'a-t-il vue entre vos mains ? » Je ne ſai pas lire, répondit naïvement le pêcheur, & per-ſonne ne l'a vue ». Ce payſan fut retenu juſqu'à ce que M. de Saint-Marc fût bien informé qu'il n'avait jamais ſu lire, & que l'aſſiette n'avoit pas été vue entre ſes mains. « Allez, lui dit-il, en lui donnant une récom-penſe, vous êtes bienheureux de né pas ſa-voir lire ».

Après cette imprudence réparée, M. de Saint-Marc ſollicita l'ordre de la transférer à la Baſtille, tombeau impénétrable aux re-gards des humains ; il l'obtint, en fut nom-mé Gouverneur : & pour ne rien laiſſer ap-percevoir, la nuit fut choiſie pour ce nou-vel enlevement. Le priſonnier ne laiſſa échap-per aucune plainte ſur ſon ſort pendant la route, & n'adreſſa que ces mots à ſon Conducteur : « Eſt-ce que le Roi en veut à ma vie ? » Non, mon Prince, répondit M. de Saint-Marc, votre vie eſt en ſûreté, vous n'avez qu'à vous laiſſer conduire ».

M. de Saint-Marc ayant une terre à Palteau, près de Villeneuve-le-Roi, voulut y paſſer & y ſéjourner avec ſon priſonnier : celui-ci arriva dans une litiere qui précédoit celle de M. de Saint-Marc, & ils étoient accompagnés de pluſieurs gens à cheval. Les payſans de cet endroit allerent au-devant de leur Seigneur, & remarquerent très-bien l'homme maſqué. Ils virent également qu'étant à table avec M. de Saint-Marc, le priſonnier avoit le dos oppoſé aux croiſées de la ſalle à manger qui donnent ſur la cour ; que le Gouverneur étoit aſſis vis-à-vis de lui, & avoit deux piſtolets à coté de ſon aſſiette. Ils n'avoient pour les ſervir qu'un ſeul valet-de-chambre qui alloit chercher les plats qu'on lui apportoit dans l'anti-chambre, fermant ſoigneuſement ſur lui la porte de la ſalle à manger. M. de Saint-Marc couchoit en route, toujours dans un lit à côté de celui du Comte de Vermandois.

Le Jeudi 18 Septembre 1698, ils arriverent à la Baſtille. En deſcendant de la litiere, l'homme maſqué fut mis d'abord dans la tour de la Baſiniere, en attendant la nuit. M. Dujonca, Lieutenant de Roi, de la Baſtille, le conduiſit, accompagné du Gouverneur, ſur les neuf heures du foir ; dans la troifieme chambre de la tour, dite la Bertaudiere (1) ; qu'il avoit eu foin de faire meubler avec élégance & propreté, avant fon arrivée, en ayant reçu l'ordre de M. de Saint-Marc.

L'homme mafqué fut encore traité, dans fa nouvelle demeure, avec plus d'égards, & l'on fatisfefait toutes fes fantaifies. Là , il faifoit la plus grande chére, & MM. de Saint-Marc & Dujonca, lui parloient toujours avec le plus grand refpect, & ne s'affeyoient jamais devant lui. Le Médecin de la Baftille, qui le traita dans toutes fes maladies, ne vit jamais fon vifage, quoique fouvent il examina fa langue, & le refte de fon corps. Il étoit admirablement bien fait, difoit ce Médecin ; fa peau étoit un peu brune ; & il intéreffoit par le feul fon de fa voix, ne fe plaignant jamais de fon fort, & ne laiffant pas entrevoir ce qu'il pouvoit être.

Dans les premiers jours de Novembre 1703, le prifonnier mafqué fe trouva incommodé : on crut que cela ne feroit rien, mais fon état empira, & il mourut le 19 du même mois, fur les dix heures du matin. M. Giraud, Aumônier du château le Confeffa ; il fut enterré le mardi 20 Novembre, à quatre heures de l'après-midi, dans le cimetiere de l'Eglife

______

(1) On prétend que ces tours portoient le nom de Architectes qui les avoient bâties.

Saint-Paul, sous le nom de *Marchiali*, & son convoi coûta 40 liv. Une personne de distinction ayant engagé, à force d'or, le fossoyeur à le déterrer, & à le lui laisser voir, ils trouverent un gros caillou à la place de la tête.

Aussi-tôt après sa mort, il y eut ordre de brûler généralement tout ce qui avoit été à son usage, comme linge, habits, matelas, couvertures, &c. On fit regratter & blanchir les murailles de la chambre où il avoit été logé, & on poussa même les précautions, au point d'en défaire les carreaux, dans la crainte qu'il n'eût caché quelque billet, ou fait quelque marque, qui eût pu aider à faire connoître qui il étoit.

Tel fut la fin de ce personnage mystérieux & illustre. Toutes les précautions que l'on prit pour cacher sa naissance & son nom, furent inutiles. Le secret a transpiré. En effet, les égards & les soins que l'on avoit pour l'homme au masque de fer, le voile épais dont on a voulu couvrir son existence, cette attention de ne confier son fort qu'au seul M. de Saint-Marc, tout porte à croire que cet inconnu étoit le Comte de Vermandois, fils naturel de Louis XIV. D'ailleurs, qui ne verra que c'eût été donner un très-grand éclat à un affront fait au Dauphin, que l'on vouloit ensevelir dans l'oubli, que d'en rendre la punition publique? qui ne verra que c'eût été plonger dans un abîme d'affliction, la mere & la sœur de ce jeune Prince, dont l'une, à la vérité, ne paroissoit plus à la Cour, mais dont l'autre y étoit toujours particulierement chérie du Roi, qui retrouvoit en elle toutes les graces de sa mere ? Quelle nouvelle à leur annoncer que la détention éternelle d'un fils, & d'un frere, enfermé pour le reste de ses jours ! & quelles précautions ne falloit-il pas prendre, pour que ce terrible châtiment ne parvînt jamais à leur connoissance ! Les raisons que l'on avoit de cacher son nom pendant sa vie, subsistoient encore après sa mort. Pouvoit-on annoncer une fin si triste & déplorable à la mere & à la sœur de ce jeune Prince, qui lui ont survécu, sans les accabler d'une douleur extrême, qu'il étoit naturel, après un si long oubli, que l'on voulût leur épargner ?

M. de Chamillard, fut le dernier Ministre qui eut cet étrange secret : le second Maréchal de la Feuillade son gendre, le conjura, à genoux, de lui apprendre ce que c'étoit que cet homme que l'on ne connut jamais que sous le nom de l'homme au masque de fer. M. de Chamillard lui répondit que c'étoit le secret de l'Etat, & qu'il avoit fait serment de ne le révéler jamais.

M. l'Abbé Langlet-Dufresnois, mort en 1757, à 82 ans, avoit vu souvent le Masque de fer dans ses voyages à la Bastille : il disoit, en 1754, à M. Anquetil, à-peu-près,

tout ce qu'on raconte de ce personnage:
& comme ce dernier le preſſoit de lui dire
ce qu'il en penſoit, l'Abbé Langlet lui répondit : « Voudriez-vous donc me faire aller une
neuvieme fois à la Baſtille ?

De l'Imprimerie de GRANGE, rue de la
Parchemincrie.